Arce y Sauce

separadas

Lori Nichols

 Picarona

Para Elisabeth Vander Kamp,
una extraordinaria narradora

Lori agradece a Tressa y Cooper por su enorme imaginación, la cual dio pie a esta historia.

Puede consultar nuestro catálogo en www.picarona.net

ARCE Y SAUCE SEPARADAS
Texto e ilustraciones: *Lori Nichols*

1.ª edición: enero de 2017

Título original: *Maple & Willow Apart*

Traducción: *Joana Delgado*
Maquetación: *Isabel Estrada*
Corrección: *Sara Moreno*

© 2015, Lori Nichols
(Reservados todos los derechos)
Esta edición ha estado publicada mediante el acuerdo con Nancy Paulsen Books,
una división de Penguin Young Readers Group,
miembro de Penguin Group USA, de Penguin Random House Company.

© 2017, Ediciones Obelisco, S. L.
(Reservados los derechos para la lengua española)

Edita: Picarona, sello infantil de Ediciones Obelisco, S. L.
Collita, 23-25. Pol. Ind. Molí de La Bastida.
08191 Rubí - Barcelona - España
Tel. 93 309 85 25 - Fax 93 309 85 23
E-mail: picarona@picarona.net

ISBN: 978-84-9145-012-2
Depósito Legal: B-24.179-2016

Printed in Spain

Impreso en España por ANMAN, Gràfiques del Vallès, S. L.
C/ Llobateres, 16-18, Tallers 7 - Nau 10. Polígon Industrial Santiga.
08210 - Barberà del Vallès (Barcelona)

A Arce y a Sauce les encantaba el verano.

Aquel último día del verano,
las niñas jugaban
con especial entrega…

— ¡Biiiiip, Biiiiip!

...pues el lunes Arce empezaba
a ir al colegio de mayores.

Sauce era también mayor...,
pero ella se quedaba en casa.

**La casa no era
la misma sin Arce.**

Cuando Arce llegó a casa,
no paró de hablar del cole.

—Mi profesora es muy simpática y me he sentado al lado de una niña con el pelo rizado y con pecas, y en el recreo hemos jugado juntas. Pronto va a ser su cumpleaños, y le haremos una fiesta en nuestra clase...

—Yo también me he divertido –dijo Sauce–, he estado jugando con Pip.

—¿Pip? –preguntó Arce–, ¿quién es Pip?

—Pip es mi nuevo amigo –dijo Sauce–, tiene la cabeza abombada y le dan miedo las ardillas.

—Nos conocimos junto al roble.

El martes, mientras Arce estaba
en el cole, Sauce estuvo
investigando.

**Más tarde, Sauce tuvo que oír
hablar de nuevo del colegio.**

—Nos hemos sentado en círculo a escuchar cuentos, y luego
hemos deshecho el círculo y todos hemos compartido
algo especial, y yo he compartido una piedra
con forma de corazón que llevaba en el
bolsillo; y mañana empezaremos
a aprender las letras de
nuestros nombres...

—Pues, hoy, Pip y yo hemos estado jugando a la escuela de piedras —dijo Sauce—. Yo era la profesora. Me escondía una piedra en una mano, y cada vez que Pip acertaba en qué mano estaba avanzaba un curso.

—¡Pip está ya
en tercero!

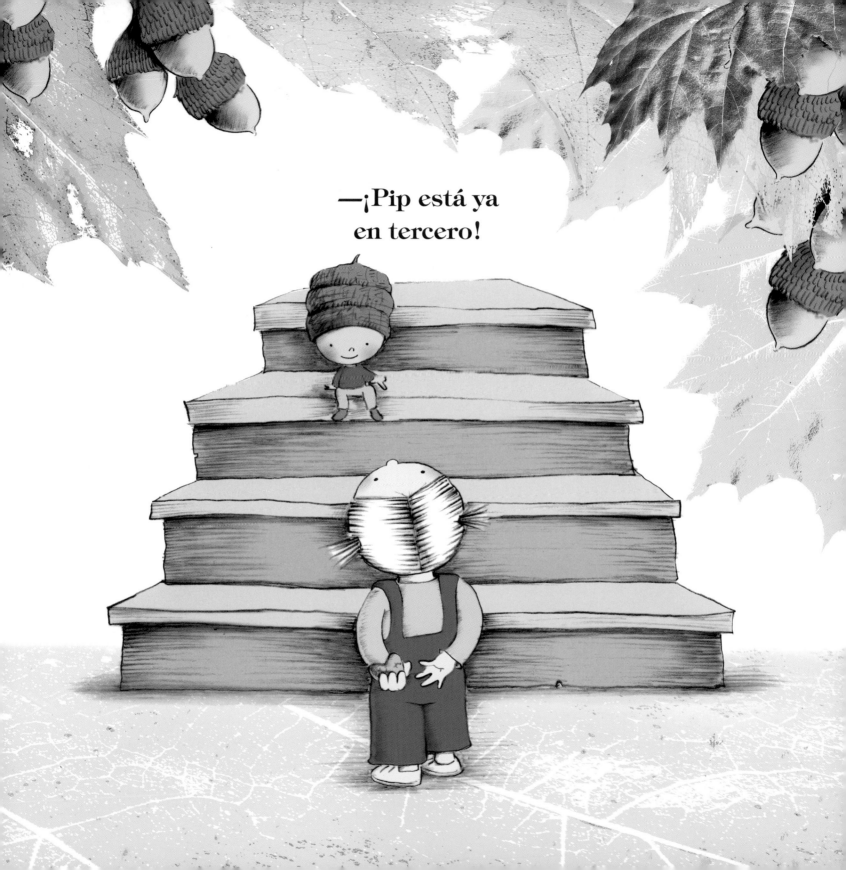

¡Ho, oh, arto zev!

El miércoles, después del cole,
Arce se moría de ganas
de contar cómo le había ido.

—En el patio hay un camión de bomberos con
un volante, y unas barras, y un tobogán que es
un cohete, Sauce. Nos lo hemos pasado tan bien que no
queríamos parar ni hacer cosas tranquilas, y la profe nos ha
tenido que decir que estuviéramos bien atentos.

—Yo hoy estuve con Pip —dijo Sauce—, vive en una casa-árbol.

—Siempre he querido tener una casa-árbol —dijo Arce.

—Lo sé —contestó Sauce—, yo también.

—¡Desde la casita del árbol de Pip
puedo ver nuestro jardín!

A la mañana siguiente,
Arce parecía un poco triste
al despedirse para ir al cole.

Aquella tarde, Arce estaba callada.

—Hoy he ido a montar con Pip –le contó Sauce.

—Pero si tú no sabes montar –le dijo Arce.

—Pip me ha enseñado –le contestó Sauce–,
vamos despacito.

—¡Y tenemos unas bocinas
que suenan muy fuerte!

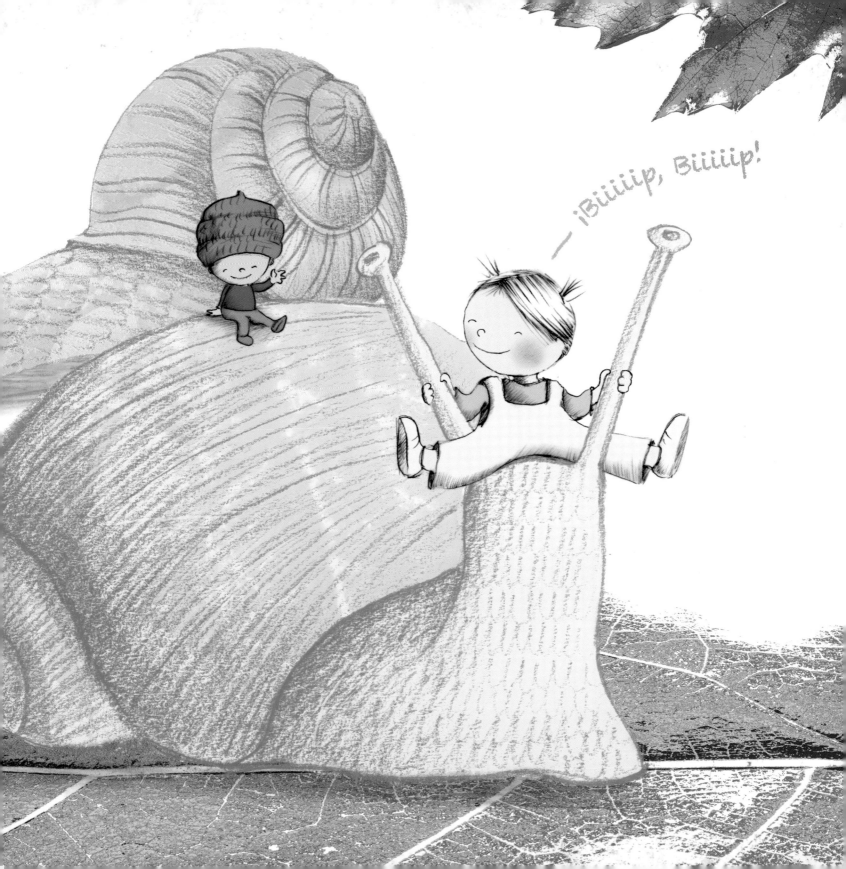

—Pero quería enseñarte yo a montar
—dijo Arce.

—Ya lo sé, pero tú te vas cada día
—le contestó Sauce.

—Sauce, me encanta ir al cole
–dijo Arce–, pero añoro jugar en casa.

A la mañana siguiente, Sauce
tenía una sorpresa preparada
para Arce.

—Arce, Pip quiere hoy ir al cole contigo.

—¿De verdad? –le preguntó Arce.

—¡Sí! –dijo Sauce–, está en tu bolsillo.

En el cole, Arce presentó a Pip a sus amigos.

Y aquella tarde y todo el fin de semana,
las dos niñas jugaron con Pip.

Desde entonces, siempre
que Arce iba al colegio se llevaba
a Pip con ella.

Y a Sauce no le importaba,
pues ¡Pip tenía una gran familia!